시간은 한 생을 벗고도

오므린 꽃잎 같다

시간은 한 생을 벗고도 오므린 꽃잎 같다

한그루
시선

강영임
시집

시인의 말

가슴속에 담았던 말 첫 시집으로 묶습니다
발효가 되지 않아 깊은 맛이 없습니다
빨갛게 영글지 않아도 제 시의 궤적입니다

이십육 년 동반자로 나란히 걷습니다
천지간 바람 소리 폭우에 우산 돼주는
당신께 사랑한다는 말을 나지막이 전합니다

- 2023년 윤이월에

차
례

제1부

눈물방울
쓸쓸히
피어나서

제2부

아물어도 흔적이란 걸

제3부

버려도 버려지지 않는

제4부

수만 갈래 길이었네

제1부

눈물방울
쓸쓸히 피어나서

그루잠

포클레인 삽날이 새벽을 걷어낸다
땅 열리는 소리가 멀고도 가까운 듯
귓가에
뿌리처럼 얽혀
꾸역꾸역 내뱉는다

마당에 자목련이 복어배처럼 부푼 날
이승을 돌아들어 봄 흔든 사흘 밤낮
나는 또
삼십 년 만에
당신을 마주한다

명치끝이 꽉 메여 닿을 수 없던 길이
머리카락 한 뭉텅이 서너 줌의 유골로
시간은 한 생을 벗고도 오므린 꽃잎 같다

멈춘 심장 에크모로 두어 시간 깨워도
어린 것들 놔두고 먼 길 간 어미 마음
마흔넷

말끔히 지우고

또다시 잠을 잔다

백발

전신주 구멍에 둥지 튼 부부 딱새
새끼들 먹이느라 쉼 없이 날아든다
저러다 과부하되어 몸 하나 버리겠네

손 귀한 집 대 이으려 스물둘에 장가들어
아들 하나 내리 딸 넷 거느린 버팀목
땀방울 조랑조랑 엮어 짜디짠 소금쩍

오남매 줄줄 나간 친정집 둥지에는
하얗게 소금꽃 핀 아버지가 계신다
까맣던 지나간 세월, 저리도 눈부신가

루핑*

코로나가 창궐해도 딴딴하게 연결되어
동태전 삼색나물 호박전 육적까지
온종일 쪼그려 앉아 잉걸불 뒤집는다

곪아서 짓물러진 주방 한 켠 붙박이처럼
떫은맛 속껍질에 감춰버린 밤같이
우울만 쉼 없이 부풀어 터질 듯 들락인다

생각을 누르며 밀대로 민 시간도
어동육서 홍동백서 불변의 법칙 앞에
멀쩡한 두 손 가져도 끊지 못한 질긴 고리

* 프로그램 속에서 동일한 명령이나 처리를 반복 실행하는 것

봄, 이른 듯

귀롱나무 귓바퀴 쓰다듬는 소리에
후두둑 느닷없이 쏟아지는 그리움
따스한 낱알의 숨결이 봄볕을 찾아드네

객짓밥에 넘어진
건초 같은 손녀딸
구운 쥐치 가시 발라
숟가락에 얹어주며
바닥에 웅크린 마음 꽃대처럼 세우네

자그마한 몸에서 빛줄기 꺼내놓아
닫힌 정지문에도 바람 머문 텃밭에도
연둣빛 입술이 닿자 야단법석 망울들

체증

단풍잎 하나가 어깨에 툭 앉는다

시월 첫 날 기척 없이 찾아온 당신은

다섯 장

제적등본에

늦게 매단

조등처럼

호칭이 뭐 별거냐고?

입술 내민 꽃봉오리 허공에 흩어진 날

아주버님 도련님 서방님 아가씨

시가媤家 쪽 공손한 호칭이 자꾸만 불편해져

사랑으로 맺은 인연 숨어있는 불평등이

형님 처형 처남 처제 이름도 막 부르지

왜 이리 예민하냐고? 가볍지 않은 내 얘기니까

오늘밤도 수리 중

헐겁고 끈 풀린 낡은 구두 한 켤레*
말쑥함이 묻힌 것처럼 기억 속의 당신은
물 고인 밭고랑 오가며
누운 산디 일으킨다

손과 손이 닿아야 서로가 보이듯
해 저물어 벗은 신발 어둠을 뚫고 나와
밑창의 축축함으로
풀어내는 고단함

단단하게 조였던 시간이 느슨해지고
벗지 못한 얘기가 까맣게 반짝일 때
청태 낀 뒤축의 꿈들이
오늘밤도 수리 중이다

* 고흐 〈낡은 구두 한 켤레 1886〉

그리움을 견디는 법

동그란 자궁 안에 웅크렸던 동백이
알에서 치어 나오듯 점액질 시간 밖으로
고개를 불쑥 내민다
칼바람 맞아가며

때 놓친 그리움이 허기로 달려들 때
백조기 김장김치 숭숭 썰어 끓이면
입 안에 붉은 슬픔들이
죽순처럼 자란다

망각과 기억 사이
선과 면이 포개져
입 안에 알들이 톡톡톡 터지듯이
혀끝엔 당신의 체취
쉼 없이
피어난다

백련

진흙 속 꽃봉오리에
달빛이 찾아들면

붉은색 피 토하고
울고 난 다음에 핀

어미가 자식 밀어내
혈을 자른 허연 가슴

돌밥돌밥*

아파트 벚꽃들이 들썩대는 볕 좋은 날
“여보 밥 차려줘, 엄마 밥 차려줘요.”
오늘도 혼자 헐떡이며 숨 가쁜 돌밥집사

자고 나면 꽃 지운 몸 새순이 돋아나도
딱 박힌 고정관념 우리 집은 변치 않아
불평등 미로에 갇혀 울혈 지는 내 자리

* 돌아서면 밥 차린다는 신조어

간출여

숨었던 바위는 바닷물이 밀려나면

물 밖 세상으로 제 모습을 드러낸다

은밀히 옷으로 덮인 당신의 등처럼

아물고 덧난 자리 흉지다 굳어지듯
오십여 년 쏟아지는 세상의 부하들을
오롯이 굼뜬 등으로 받쳐내던 옹벽 하나

희멀건 런닝 속에 툭 불거진 내밀함이

어느 날 문득 기억 속에 쏟아질 때

물 위로 솟아오른 등이 어혈 맺듯 붉어진다

성엘모의 불

깡마른 어깨 위로 새벽 서리 반짝인다
읽지 못한 해안선을 온몸의 귀가 되어
전설 속 빙하기 따라 얼음 뚫고 가는 길

마흔넷 일에 묻혀 심장이 커질 때도
놓아버린 몸뚱이 꾸덕꾸덕 말라갈 때도
당신께 사랑한다는 말 너무 늦어 못 한 날

당신의 눈물방울 쓸쓸히 피어나서
몸 하나 지우는 걸
나는,
보았습니다
낙뢰가 가까워졌나 번쩍이는 보랏빛

금 긋기의 백년 이야기

보도블록 까는 이 밟는 이의 상극조화
유난히 튀어나온 좁고 가는 여자 등이
어릴 적 키를 재면서 그어대던 눈금 같다

얼마나 키 컸을까
문설주에 표시하며
까치발로 딛고 서면
잴 때마다 늘어나
열 살 키 고무줄이라며
벙글댄 눈망울들

쏟아지는 땡볕 지고 슬픔은 두릅 꿰어
뻗을 만큼 뻗겠다고 힘주며 산 날들
쪼그려, 앉은 야윈 등에 쇠별꽃이 피어난다

찰나의 시간들은
획을 긋는 뼈처럼
할아버지 할머니
어머니 빗돌로

가슴에 금을 그으며
풋대처럼 자란다

제2부

아물어도
흔적이란 걸

푸르고 연약한

세상 모든 불행이 유리 밖에 서성이듯
동터 오는 새벽도 어둠으로 채색되어
미묘한 일렁임도 없이 곤히 잠든 정류소

까만색 외줄로 머리 묶은 여고생이
허름한 잿빛바지 날마다 입고 앉아
오늘도 얼굴과 몸 붙여 미동 없이 자고 있다

층층이 드리워진 버드나무 같은 여린 어깨
밤새워 알바하고 첫 버스 기다리나 보다
행여나 버스 놓칠까 치렁치렁 뒤를 본다

바구지꽃

얼마나 오랫동안 두엄처럼 썩었으면

발고랑내 돋아나듯 가슴팍에 절망이

노랗게 봇물 터져서

닿지 않은

성산포

비양도 갯메꽃

묻지 못한 이야기를 비양도에 불러들여
도항선 들어오면 집집마다 소식 나른다
겹겹이 묻어온 그리움 하나씩 펼치면서

가슴에 팽팽하게 웅크린 불꽃들도
분노로 일그러진 어젯밤 토악질도
그곳엔 먼지 털어내듯 가볍게 털린다

이것은 삼촌네꺼, 저 상잔 큰 할망꺼우다
분홍빛 곰살맞은 목소리로 카트 밀 때
그녀가 지나간 자리엔 사통팔달 갯메꽃

아이스 아인슈페너

호기심과 낯섦으로 그들은 만났어
한눈에 사로잡은 깔끔한 흑과 백
주위는 흔들림 없이 소름 돋듯 고요했지

보름밤 달빛에 발광하며 핀 꽃처럼
걸을수록 자꾸만 길을 잃어 헤매고
사랑은 채워지지 않아 허기로 쌓여갔지

비밀스레 덮여있던 휘핑크림 걷어내자
불꽃으로 유영하던 성유聖油는 사라지고
각 얼음 허물어지는 소리만 돋는 저녁

바이미(by-me) 신드롬*

치킨팝 통살버거 제면소 파맛첵스
낯선 이 블로그 충성으로 기웃대며
콘텐츠 빵빵 터트려 댓글로 유혹해요

햇빛을 몰래 받고 발자국 따라 걷고
더울까 목마를까 기린 목 길게 뺀
입 벌린 고무나무에게 중독을 떠먹여요

* 나에 의해 만들어졌다는 자부심과 효능감으로 소유에서 경험으로 발전한다는 소비 패러다임

말복

짱짱이던 매미 울음
그쳤다, 다시 일고

귀 막고 눈 감고
입 닫아도
다 들리지

부처꽃 파다했던 자리
귀뚜라미 찾아든 밤

헛이라는 말

'헛'이라는 접두사엔 슬픔이 묻어난다
헛구역질 헛꽃 헛기침 헛웃음
그 자리 주인이면서 주인이 아닌 듯

어긋난 대답처럼 삼키지 못한 시간은
무성화 꽃잎에 적막들로 내려앉아
이십 년 홀로 앉아서 울음을 펴 올린다

얼었다 풀렸다를 반복하는 빙점처럼
당신을 향한 마음 어디쯤에 있을까
길고 긴 빙하기에 갇혀 듣지 못한 봄의 소리

만석滿席

김녕리 편의점 옆
어깻죽지 시큰한 이층
바이러스 돌출하여
텅텅 빈 학원에
오늘은 떼로 온 방문객이 시장을 이룬다

청보리밭 너른 들이
바람보다 먼저 오고
귀 밝은 할머니들
악다구니도 머물고
통째로 걸어 올린 파도는 자리다툼 한창이다

탱자꽃, 그러나

그때부터 당신은 거스러미 같았어요
먹어도 돌아서면 허기로 고프다던
시반이 온몸 덮던 날 풍문으로 피어났어

끊임없이 반복되는 미혹과 혼돈은
달라붙은 불안을 잠재우지 못하여
흰 궤적 우주로 숨어들고 기다림은 묻혀버렸지

잎보다 서둘러 온 흰빛은 온 데 없고
뜯지 못한 택배상자 체취만 밀봉되어
노오란 열매 맺지 못해 온몸에 엉켜 핀 꽃

플랫폼

검은 봉지 오일장에서 기운 빠져 파닥댄다
빠글하게 말아 올린 퍼머끼는 오간 데 없고
정수리 흰 종지 올린 듯
하얗게 부서진다

도도하게 흐르던 스무 살의 붉은 피는
차디찬 살갗 아래 거멓게 식어버려
아무도 찾는 이 없는
이름만 남겨진 역

넝쿨째 뻗어가는 잎사귀에 등꽃 피듯
미래가 꿈틀대며 온몸에 피 돌린다
봉지에 환한 꿈 담고
함지박처럼 웃는 그녀

그리움의 습성

내 고향 그 어디쯤
모천이 있었다
참게들이 고무줄
땅따먹기 하던 곳
밤 되면 눈을 내밀어 철벅철벅 뛰던 곳

벼 수확 뒤 아버진
구럼비로 가셨다
논두렁 물코에서
손전등 비춰들면
눈 커진 계요등꽃처럼 딱 붙어 우릴 봤지

몇 번의 굉음소리
흔적 없이 사라진
큰구럼비 몰똥여 물터진개 소금밧*
어릴 적 달캉이던 녀석들
그림자만 어른대고

마음이 붉은 날

친정으로 찾아들면
뼈와 살이 다 깎인
땅들만 엎드려서
냉장고 그 어디에도 참게장은 볼 수 없다

* 2015년 강정해군기지가 들어설 때, 구럼비 바위를 폭파하면서 여러 생태가 무너졌다.

여름밤의 반란

'개똥 싼 놈 치워라 열 받아 죽겠네'
개똥 밟은 누군가의 소란들이 붙어 있다
어긋난 서로를 향해 날 세워 으르렁일 때

땡볕에 푹푹 쪘을
가지가 왕왕이고
불알 두 쪽 여물 듯
토마토는 탱글탱글
집마다 얼굴 내밀어
열대야로 씩씩댄다

온종일 시달린 강아지풀 꼬리 짓고
틈새의 시간은 목덜미에 내려앉아
덩달아 뜨끈하던 가슴 바람길이 식혀준다

해녀콩꽃

우리의 닮은꼴은 어디에서 출발할까
멈춰있는 말 앞에
보낸 자와 가담한 자
뱃속의 핏덩어리와
관계를 깨버린 일

저승을 드나드는
자맥질 멍에는
사는 일에 떠밀려 닮은 것을 밀어내고
말미를 놓쳐 버리듯
뱉어낸 숨비소리

북재비 북채 놓듯
모질게 떼 낸 정이
첫 경험 벼락처럼
총총히 피어나

선홍빛 소문 없이 묻힌

아물어도

흔적이란 걸

제3부

버려도
버려지지 않는

벚꽃, 천라지망天羅地網

살기 위해 파닥이던 가녀린 몸짓이
뿌리가 밀어올린 저편의 기억들을
겁 없이 저리 무모하게 허공에 뿜어댄다

굴곡 많은 사주라는 역술인의 말처럼
발돋움 올라서면 비웃듯 추락하고
줄 타는 어름사니같이 발끝으로 걷는 생

실타래를 풀어도 닿지 못한 그곳이
산왕거미 숨죽인 그물망에 걸려서
버려도 버려지지 않는 전생의 봄 가락들

선물

놓을 수도 잡을 수도 없어
곪아터진 이면지

인연 없는 시어 앞에
다독이는 보름달

문지방 넘어들고서 홍시처럼 발갛다

거미줄

오래된 책 들추다 납작 누른 꽃잎 몇 장

희미한 입술자국 몰래 감춰둔 듯

그 빛깔 바래다 못해 곱게 입은 나무색

느닷없는 햇살에 꽃술들이 피어나

분홍장미 한 송이 두고 간 그 사람

여름내 거미줄처럼 손바닥에 끈적인다

변형력

팔딱팔딱 살아 뛰는 미꾸라지 곡선처럼
팽팽한 긴장감을 가져오는 활처럼
속내를 보이지 않으려
또 웅크려 잠을 잔다

능선을 올라가고 벼랑을 내려와도
움푹움푹 굴렁져 찾기 힘든 보랏빛
보호색 짙게 드리워
빗장 건, 저 달개비

사람과 사람 사이 빈 방이 너무 많아
갯벌에 몸 숨기듯 엄마 뱃속 찾아들 듯
다시금 접혀진 몸을
더 바짝 웅크린다

검버섯

내 마음 받아 달라 안달복달 치대다

신발 뒤축 닳듯이 쪼그라든 중성자별

블랙홀

스러진 별들

손등에 박혀 있는

꿈의 방식

엉덩이를 까놓은 일 톤 트럭 상자 속
꾹 다문 입처럼 쪼글쪼글 변해버린
바지락 뒤틀린 모습이 나를 꼭 닮아 있다

겁 없이 흐르던 젊은 날의 바다는
얼굴에 거뭇거뭇 기미로 내려앉고
꽃 진 곳 툭툭 감추면서 잎사귀만 푸르렀다

마음 밭이 들끓어 술렁이던
그날에도
사는 게 막막해서 가슴 친
그 밤에도
도려낸 시뻘건 속살 옆에서 날 지켰지

냄비에 미역 넣고 캄캄함을 끓인다
새벽 물때 모래 속 팔딱이던 모습이
스무 살 꿈처럼 부푼다 새로 돋는 맛깔진 맛

기다림의 미학

검푸른 바다에서 떼 지어 다니며
쉴 새 없이 휘젓던
온 생의 지느러미
숭어의 무성한 아픔을 송두리째 올린다

알집을 끄집어 비린 슬픔 염장하고
밤낮없이 들고나는
바람을 입혀서
간장에 참기름 덧발라 시간을 곰삭인다

사랑하는 사람을 바람에 보내고선
짐승 할퀸 자국처럼
헤집어진 가슴도
언젠가 숭어 어란처럼 녹진한 맛 스미겠지

레이노 증후군*

민망한 겨울 장갑 슬그머니 숨긴 날

뉘 집 처마 툭! 투둑

봄비 오는 소리에

불 붙듯

산철쭉 번지면

내 언 손에도 피가 돌까

* 추위나 스트레스로 손가락 혈관에 허혈 발작이 생겨 피부색이 변하는 질환

자화상

- 웃고 있는 렘브란트*

쾅! 외마디 날카롭게 퍼지는 방문 소리
바람의 세력은 거리와 관계없듯
안과 밖 경계를 만들며 정체성을 가둔다

환희와 고통으로 얼룩진 얼굴은
늘그막 둥치처럼 주름이 깊어가고
두 개의 거울 속 모습은 언제나 빛과 그림자

안쪽의 젊은 나는 내게서 떠나가고
볕이거나 그늘이거나 이마 위에 앉은 길이
한통속 웃음으로 가린 거울 속 슬픔들

* 네덜란드 화가 렘브란트의 1665년 작품

내성발톱

멈추지 않고 피던 능소화가 폭우에
생혈 같은 얼굴로 길바닥에 쏟아졌다
동공에 박힌 줄기는 까마득히 잊은 채

이른 봄 꿈틀대며 올라오는 구근처럼
발가락에 밀착해서 밤마다 파고든다
잊었던 슬픈 기억처럼 미세한 통증으로

원석原石

날마다 동굴에
박쥐처럼 매달렸지

종이를 통과한 빛
한 가닥 붙들려고

해질녘
시루떡처럼
쌓아올린
슬픔들

명자꽃, 피어나다

비우지 못한 마음 이끌며 가는 봄
큰 아들 군 입대 날 희멀건 물집 잡혀
오른쪽 새끼발가락
욱신욱신 저며 온다

지구를 한 바퀴 돌아도 남을 시간
곱씹으며 키운 상처 옹이로 박혀서
한 계절 안을 향하여
매섭게 달려든다

도려내고 잘라내고 다듬고 다듬어
숨이 딱 헐떡일 때, 붉은빛 솟구치며
참았던 울분 토해낸다
맹렬한 속력으로

유월, 수신호의 모든 것들

내 안의 누군가 뒤척이다 잠을 깼다
어금니 꽉 깨물며 눈물샘도 잠그고
버림과 내려놓는 것의 경계는 어디일까

불 켜지는 16층은 새벽이 분주하다
심장이 보내는 덜컹거리는 수신호들을 꼼꼼히 소수점
까지 깨알처럼 기록한다
내 안의 모든 것들 밤새 돌고 돌아 먹은 양과 배출량이
잎사귀에 알맞게
물 올려 꽃 탑을 쌓았는지 그것을 허물었는지

오십여 년 물 흐르듯 새벽을 맞으면서
목마르면 마시고 가득차면 비우며
저 혼자 먹고 싼 일이 얼마나 대견했던가

뒤란의 시간

겨울이 가는지 새 봄이 오는지
발맞춰 걸어야 할 너덜겅 심장소리
울음도 소리 내지 못해 내 눈치만 살피지

아침이 오지 않는 절벽에 매달려서
내장을 꺼내듯
후회를 뒤집어 보고
그러다 시간을 뚝뚝 잘라 밀대로 늘려도 보지

찾아온 불운을 용신* 찾아 녹여보자
한 호흡 들이켜고 뱉으며 걷는 새벽
행운의 북두칠성이 마중 오고 있을 거야

*用神: 명리학 용어로 나를 도와주는 3개의 세력

몽유夢游

이른 아침 뱃고동 소리 와르르 쏟아진다

온몸의 세포들을 하나씩 건드리며

총총히 돌기 만들어 심장을 파고든다

사분의삼 박자인 볼레로* 리듬처럼
사랑을 구애하는 한 마리의 학처럼
귓가엔 잠 놓친 시어들이 맴돌다 사라지고

깃털 스친 맨살이 여운을 기억하듯

스치고 지난 것들 일렁임도 순해지고

멜로디

잊은 악기들이

하나둘 모여든다

* 스페인 무곡

제4부

수만 갈래 길이었네

자작나무의 섬*

주위를 둘러봐도 숨구멍이 다 막혔다

들숨 날숨 들고나야 초봄에 잎이 돋지

사할린 꽁꽁 언 바다 생각까지 봉하고

고향이 어디인지 조국이 어디인지

동토 끝 징용 왔다 눈물조차 얼어붙은

무국적 떠도는 바다

제 온몸을 염한다

*사할린을 아이누인 말로 표현

가시리에 낙타가 산다

태초에 탯줄 같은 이랑을 줄 세우듯
운명처럼 끌고 온 오름 자락, 고비사막
비루한 낙타 몇 마리 도장 찍듯 가는 길

키 작은 가시풀 나뭇잎도 보이지 않고
한 걸음 또 한 걸음 상여 메듯 걷고 걸어
등의 혹 소실될 무렵 두수동 돌아들면

아무것도 모른 채 내란죄 죄명으로
모진 매질 고문에 표석처럼 박힌 뼈
가시리 박 할머니* 손엔 단봉낙타 살고 있다

*4·3 수형 생존자 박춘옥

세한도가 나를 보다

생가지 늘어지듯 꺾인 꿈 놓지 못해
속살 파먹어 바짝 마른 미련 끌고
불현듯 바람을 타는 세한도를 만난다

버선코 일어서듯 휘어뻗은 가지가
대정 어느 길목 향기 뿜는 수선처럼
한 번도 가 본 적 없는 갈라파고스를 꿈꾼다

내가 쳐 논 슬픔이 가슴을 짓누를 때
온몸에 가시처럼 돋아나는 그리움
유배는 바람 타는 것, 세한도가 나를 본다

벚꽃 지는 아바이마을

봄이 짧아 연분홍 눈물 매단 아바이마을
일월 가고 이월 가고 예순 해가 훌쩍 가네
홍남항, 어디서 놓쳤나
아재의 혼잣소리

하늘이 바다 닿아 물빛을 바꿔가도
손 놓친 아내 생각 별들만 헤아리다
동해가 거꾸로 매달려
뒤척이는 불면의 밤

찰기 없는 밥알들이 입 안에서 흩어지듯
무동력 저 갯배도 가면 오고 오면 가는데
고향땅 눈앞에 두고
붉어지는 꽃 진 자리

거룩한 나날

- 가람 이병기 생가 탱자나무 앞에서

한 쪽씩 읽다 보니 이백 년이 지난 거야

동백꽃 배롱나무 산수유 피고 지고

올곧게 몇 생을 쓰신 서 있는 사관처럼

해마다 봄을 맞듯 탱자꽃 신열 앓다

씨방 속 시큼한 맛 종지에 담아내고

종종종 조바심치며 하늘 향해 길을 냈어

울창한 울음소리 가시에 쟁여두고

온종일 달아오른 잎 날개를 늘려가며

사랑채 시 읊는 소리 탱자에 담아냈지

바람은 가지마다 한여름을 매달고

위로 깊은 향기가 코끝에 와 닿으면

어깨에 우뚝 걸린 시간 그 생을 읽어 봐

오직 불만

조선도공 심당길일세 내 얘기 들어보게
사쓰마에 인질로 정유재란에 끌려왔지
조선도 가마터도 도적맞아 송장 같은 얼굴로

생채기에 피 같은 조선의 흙 잿물로
울음을 삼켜가며 만들고 또 만들었지
아, 글쎄
불이 없는 거야
백자 구울 조선 불이

어쩌겠나 할 수 없이 일본에서 불만 빌려
심장에 절벅이는 히바카리* 구워냈지
몇백 년 고향땅 뒤로하고 오랫동안 난 앓았네

* 심수관 도유지 유물: 조선의 흙과 유약으로 조선도공이 만들었는데 오직 불만 일본에서 빌렸다는 뜻의 백자

맥박

- 경주얼굴무늬수막새

네 자리를 잃어버리고 빈 방에서 너는
밤마다 뒤척이며 슬픔을 말렸었지
기왓골 끝에 매달린 빗소리가 그리워

움켜진 상처 안고 낯선 땅 돌고 돌아
너와 나의 끌림은 마주보는 두 손 같지
천년을 슬어놓은 미소
영혼을 해독解讀하며

입술로 걸어 잠근 목마른 기다림은
환하게 웃어주는 네 얼굴 떠올릴 때마다
쿵쿵쿵 붉은 혈관 따라 온몸이 뜨거워져

묵언의 한낮

사백 년 가까이 와
그대 마음 알았어요
쇠뿔도 녹이려는
땡볕이 내리꽂고
병 깊어 가신 그날도
능소화는 붉었지요

붕당의 소용돌이 떠밀려 휩쓸리다
당쟁 논리 입맛 따라 떠나온 유배길
어등포 푸른 바다가 물비늘로 울었지요

여기저기 둘러봐도
탱자나무 가시 울타리
어탁처럼 비릿한
파도만 넘나들고
제주성 아롱진 별빛이
측은하게 보았지요

칠월이라 초하룻날 칠월이라 초하룻날

임금 대왕 관하신 날 고물당도 비왐서라*

능소화 모다깃비에
뚝 뚝 진다
그날처럼

* 제주민요 인용-음력 7월 1일쯤에 내리는 비를 제주에서는 광해우(光海雨)라고 한다.

굳어지는 묵처럼

이층집도 아닌데 집 위에 집이 있지
제주시 도련3길 광보네 수상한 집
조작된 간첩으로 산 그 사람이 살고 있어

발목을 잡아끄는 뻘 같은 국가는
계절이 바뀌어도 무병巫病처럼 되감기고
누명 쓴 삼십일 년이 천천히 굳어갔지

피해자는 많은데 가해자는 없어
돌 얹어 식은 심장 진실 찾아 헤맬 때
섬 동백 붉게 불 지피며
재심판결 무죄야

미투리의 외출

경상북도 정상동 조선의 고성 이씨
1586년 타임캡슐 몇백 년 건너와
더운 피 온몸 돌리며 시간 여행 시작됐지

허옇게 웅크린 채 누운 당신 일어나길
머리카락 싹둑 잘라 한 올 한 올 삼과 엮어
결 고운 미투리 만들어 당신께 드렸지요

이 신 신어 보지도 못하고 가신 당신
먼 곳에 가시어도 우리를 잊지 마오*
문풍지
흔들며 우는 바람
누가 있어 막을까요

*이응태 묘에서 출토된 편지와 미투리

동검은이오름 쑥부쟁이

입덧도 산후 조리도 다 끝난 동검은이오름
할머니 기억처럼 계절 잃은 쑥부쟁이가
무자년 사월 오름에서 날 기다려 왔구나

팔순 그 나이에 치매기는 없어도
내 입덧의 기억만 총알처럼 박혀서
자꾸만 되물으신다 **밥 먹어졈시냐**

아들녀석 고무찰흙 꽃잎 됐다 오름 되고
돌탑 같은 삼대독자 칼바람에 떠도는
아직도 끝나지 않은 내 입덧만 탓한다

화엄사 구시

무엇을 담느냐가 이름을 결정하지
제삿밥 담은 메그릇
여물 담은 여물통
돈 좇아 아가리 벌린 투기꾼의 구린 통

한 사흘쯤 취하다 돌아갈 길 잊고서
술 먹다 토악질할
사내들의 술통에는
뒤틀려 꼴값 떨고 있는 굴욕감만 내려 앉네

푸르름을 달리던 너의 거친 살갗이
승병들의 밥통 되어
허기진 배 채워줬지
몸뚱이 온전히 내 준 길 되밟아 걸어본다

지문, 혹은

어깨를 들먹이다 온도 잃은 생들이

뭉그러진 지문 돋듯 호적중초* 깨어나

종잇장 사이사이로 소태같이 절은 땀내

* 대정읍 안성리 대정현 기록전시관에 전시된 조선시대 호적대장

말하지 못한 그 이름

꽃 진 가을 세 살에 아비 잃은 당신은
아버지 무릎 베고 눕지도 못했고
깔깔깔 간지럼 태우며 웃지도 못했습니다

땡볕에 쏟아졌다 그치는 소나기처럼
유품이라 남긴 건 위령비*에 세 글자
봄 가고 또 봄이 와도 표석에 깊게 박혀

때 놓친 허기가 밥 한 술에 체하듯
뭉툭한 돌덩이, 없어 산 당신은
강동렬
말하지 못한
그 이름 되뇝니다

* 제주4·3평화공원 행방불명인의 표석

그리움 그깟 것

- 김녕 도대불

여름 한낮 소나기에
물큰한 흙 비린내
기다림도 냄새란 걸
당신 보며 알았다
밤마다
녹아내린 몸
날것들의
냄새처럼

등 굽어줄 하르방은 서른에 바당에 가
죽어신디 살아신디 수십 년째 안 왐저
슬픔도 늙어버리난 아무것도 아닌게

불면으로 말려진 말
여싯여싯 뱉지 못해
해돋이 해넘이를
빈 가슴에 묻고 산
살냄새
잊은 당신 위해

오늘밤
불 켜리라

화왕산성에 들다

1.
이쯤일까
붉은 옷 몸에 둘러 칼 빼든 곳이
사람도 불이 되어 빛 불을 뿜어대던
벼랑을 깎아지른 그곳
숨소리를 들어 봐

구불한 역마살이 동문을 품에 안고
진달래 영산홍 산철쭉 일어서서
칼끝에 베이지 않아도 화농처럼 부푸네

2.
기척 없이 날아든 소용돌이 감정에
휘청이는 당신께 따스한 밥 차려 놓고
무성히 들리는 소리에 귀를 닫는 저물녘

예측 못한 왜바람에 흔들리는 억새처럼
사방이 절벽인 길 걸을 만큼 다 걷고
턱 밑 숨 크게 내쉬는 곳
수만 갈래 길이었네

해설

소멸의 잔상들,
혹은 상처로 피워낸 꽃

- 강영임 첫 시집의 작품 세계

황치복(문학평론가)

소멸의 잔상들,
혹은 상처로 피워낸 꽃

- 강영임 첫 시집의 작품 세계

황치복(문학평론가)

1. 가족, 혹은 상실과 소외의 역사

2018년 제주시인협회 주관 시조대회에서 입상하면서 시조를 쓰기 시작한 강영임 시인은 2022년 고산문학대상 신인상을 수상하면서 그 역량을 인정받은 바 있다. 이번 시집은 시인의 첫 책인데, 첫 시집이 흔히 그렇듯이 자신이 살아온 내력과 가족의 서사, 그리고 궁극적인 시적 지향들이 담겨 있다. 주목되는 점은 제주 시인으로서 제주도의 풍물과 그 속에서의 신산한 서민들의 삶을 진솔하게 드러내고 있을 뿐만 아니라 4·3으로 대변되는 제주가 지닌 근현대사의 파행과 비극에 대해서도 역사적 의식을 시화하고 있다는 점이다. 이러한 쟁점은 사회적 부조리에 대한 시인의 문제 의식과 맞물려 시조의 현실 참여라는 덕목을 환기시켜 주는 대목이라 할 수 있다.

하지만 무엇보다 서정시를 지향하는 시인의 시적 방향성은 독자의 정동을 자극하고 감동을 자아내는 시적 상황과 사건으로 향하고 있는데, 살아가면서 입게 되는 무수한 상처, 혹은 그 흔적으로서의 상흔에 대한 관심이 주된 경향성을 형성하고 있다. 그런데 이러한 상처와 상흔이란 신산하고 험난한 인생사의 자연스러운 귀결이기도 하지만, 실존적 차원에서 흘러가는 파괴적 시간에 의해 발생하는 상실로서 사랑하는 사람과의 이별이라든가 청춘의 아름다움과의 결별, 그리고 어찌할 수 없는 운명의 장난에 의한 파국 등에 의해 야기되는데, 이러한 국면은 인생의 어찌할 수 없는 행로에 해당할 것이다.

그러니까 시인은 '지금-여기'에는 없는 것, 즉 '그때-거기'에 있었던 것에 대한 형언할 수 없는 그리움과 향수를 분출하고 있는 셈인데, 이러한 점에서 시인의 시적 지향은 낭만주의적 자장 안에 있다고 할 수 있다. 낭만적 정신은 시간의 흐름에 민감하게 반응하고, 모든 찰나적인 것에 의미를 부여함으로써 유한하고 한정적인 가치와 의미를 부각한다. 그러니까 무시간적인 시공에서 존재하는 근원이라든가 영원성이 아니라 시간성의 자장 안에서 명멸하는 가치에 주목하면서 그것의 소멸과 상실이 초래하는 아득한 정서의 파장에 주목하는 것이다. 강영임 시인의 시적 위상은 바로 이러한 지점에서 빛을 발하고 있는데, 먼저 가족에 대한 서사부터 살펴보자.

> 포클레인 삽날이 새벽을 걷어낸다
> 땅 열리는 소리가 멀고도 가까운 듯
> 귓가에
> 뿌리처럼 얽혀
> 꾸역꾸역 내뱉는다
>
> 마당에 자목련이 복어배처럼 부푼 날
> 이승을 돌아들어 봄 흔든 사흘 밤낮
> 나는 또
> 삼십 년 만에
> 당신을 마주한다
>
> 명치끝이 꽉 메여 닿을 수 없던 길이
> 머리카락 한 뭉텅이 서너 줌의 유골로
> 시간은 한 생을 벗고도 오므린 꽃잎 같다
>
> 멈춘 심장 에크모로 두어 시간 깨워도

어린 것들 놔두고 먼 길 간 어미 마음

마흔넷

말끔히 지우고

또다시 잠을 잔다

-「그루잠」, 전문

그루잠이란 깨어났다가 다시 자는 잠을 지칭하는데, 이러한 그루잠의 주체는 이장을 하는 "당신"의 유골이라 할 수 있다. 그러니까 30년 전에 돌아가신 당신은 땅속에서 30년 동안 잠을 자다가 잠시 깨어나 이승으로 돌아왔다가 다시 저승으로 돌아간다. 당신의 입장에서는 저승의 잠에서 깨어나 잠깐 행하는 이승으로의 외출이라 할 수 있지만, 유족의 입장에서는 부재로부터의 일탈, 혹은 소멸의 흔적으로서의 부활이라고 할 수 있는데, "머리카락 한 뭉텅이 서너 줌의 유골"이 바로 그러한 소멸의 잔상이라 할 만하다. 그러니까 당신의 유골은 당신의 부재를 증명하지만, 부재로서 실존하고 있음을 증명하고 있는 셈이기도 하다. 다시 말하면 당신은 소멸과 상실의 자각을 더욱 선명히 부추김으로써 부재를 증명하는 기제가 되는 셈이다.

이러한 부재의 증명을 보면 누구나 유정한 생각을 하지 않을 수 없을 것이다. 시적 화자가 "이승을 돌아들어 봄 흔든 사흘 밤낮"이라고 하거나 "녕치끝이 꽉 메여 닿을 수 없던 길"이라고 하면서 정동의 요동을 강조하는 것은 당연한 수순일 것이다. 그러나 유정한 것은 산 자들의 몫이고 죽은 자는 그러한 정동의 경계 너머에 있다. "마흔넷/ 말끔히 지우고/ 또다시 잠을 잔다"는 표현은 이승의 분출하는 격한 감정과 달리 번뇌와 미혹에서 벗어나 평온하고 태연한 이승 너머의 세계를 보여준다. 상실과 소멸에 안달복달하는 이승의 세계에 대해서 어떠한 정동으로부터도 초연한 이승 밖의 적막을 암시하고 있는 것이다.

이처럼 응답 없는 세계이기에 소멸과 상실은 더욱 날카로운 것이 되고, 그 부재의 존재는 더욱 무거워질 수밖에 없다. 시적 화자가 "시간은 한 생을 벗고도 오므린 꽃잎 같다"고 표현한 것을 보면 무의 심연으로 가라앉은 당신의 부재를 존재의 영역으로 끌어오고자 하는 애틋한 욕망을 읽을 수 있는데, 봄날의 부활과 재생의 삼라만상과 같은 현상이 당신에게도 일어나기를 바라는 간절한 염원 같은 것이 느껴지기 때문이다.

전신주 구멍에 둥지 튼 부부 딱새
새끼들 먹이느라 쉼 없이 날아든다
저러다 과부하되어 몸 하나 버리겠네

손 귀한 집 대 이으려 스물둘에 장가들어

아들 하나 내리 딸 넷 거느린 버팀목
땀방울 조랑조랑 엮어 짜디짠 소금쩍

오남매 줄줄 나간 친정집 둥지에는
하얗게 소금꽃 핀 아버지가 계신다
까맣던 지나간 세월, 저리도 눈부신가

-「백발」, 전문

아버지를 노래하고 있다. 그런데 역시 강영임 시인의 시적 관심은 아버지가 상실한 것과 그것으로 야기되는 정서적 파장이다. "새끼들 먹이느라 쉼 없이 날아"드는 "전신주 구멍에 둥지 튼 부부 딱새"는 물론 위험하고 힘든 가정생활을 이끌어온 부모님의 과거 생활을 암시한다. "저러다 과부하되어 몸 하나 버리겠"다는 종장 또한 부모님의 험난했던 노동과 가정을 위한 헌신을 시사한다. 이러한 신산하고 험난했던 부모님의 가정사는 "땀방울 조랑조랑 엮어 짜디짠 소금쩍"에 응축되어 있다. 어떤 물건의 거죽에 소금기가 배어서 허옇게 엉긴 조각이라는 '소금쩍'이 부모님, 특히 아버지의 험난했던 과거사를 집약하고 있는 것이다.

그런데 더욱 중요한 것은 고통스러웠지만 영광스러웠던 그러한 과거가 지나가 버리고 혼자 남아 있는 아버지가 현재 직면한 고독이다. "오남매 줄줄 나간 친정집 둥지"라는 표현이 저간의 사정을 요약하고 있는데, 자식들도 모두 떠나고 아내도 없이 혼자서 둥지를 지켜야 하는 아버지의 허전하고 막막한 심정이 '둥지'라는 시어에 응축되어 있기 때문이다.

혼자 남아 쓸쓸히 둥지를 지켜야 하는 아버지의 입장에서는 하얗게 핀 '소금꽃'은 "까맣게 지나간 세월"을 환기하고 있는데, "저리도 눈부신가"라는 표현을 보면 고통스러웠지만 영광스러웠던 과거의 대가족 시절이 아름답고 찬란하게 다가온다.

그러니까 소멸과 상실의 현재에 직면해 있는 아버지의 입장에서 고생의 흔적인 소금쩍, 혹은 소금꽃이 유난히 아름답고 의미 있는 상흔으로 다가오는 것이다. 하얗게 핀 소금꽃이 아버지의 '백발'이라는 것을 상기해 보면, 소금꽃이라는 것이 아버지가 간직하고 있는 과거의 상흔으로서의 흔적이라는 것을 쉽게 알 수 있는데, 그것을 눈부신 꽃으로 받아들이는 시적 화자의 의식을 통해서 상흔과 흔적의 심연에서 아름다움을 발견하려는 시인의 시적 경향과 시의식을 분명히 확인할 수 있다. 시어머니의 추억을 다룬 시 한 편을 읽어보자.

숨었던 바위는 바닷물이 밀려나면

물 밖 세상으로 제 모습을 드러낸다

은밀히 옷으로 덮인 당신의 등처럼

아물고 덧난 자리 흉지다 굳어지듯
오십여 년 쏟아지는 세상의 부하들을
오롯이 굼뜬 등으로 받쳐내던 옹벽 하나

희멀건 런닝 속에 툭 불거진 내밀함이

어느 날 문득 기억 속에 쏟아질 때

물 위로 솟아오른 등이 어혈 맺듯 붉어진다

- 「간출여」, 전문

'간출여'란 간조 때 물 밖으로 머리를 내미는 바위를 의미하는데, 이 시에서 간출여는 시어머니의 등에 대한 은유로 쓰이고 있다. 그러니까 시어머니의 등은 평소에는 바다 안에 잠겨 있다가 물이 빠질 때만 밖으로 드러나는 셈인데, 물속에 있는 시어머니의 등은 물론 노동에 종사하고 있는 상태를 의미한다. "오십여 년 쏟아지는 세상의 부하들을/ 오롯이 굼뜬 등으로 받쳐내던 옹벽"이라는 표현에서 '옹벽'이 바로 간출여와 같은 역할을 하는 시어머니에 대한 은유이다. 그러니까 시어머니는 50년의 세월 동안 세상의 부하와 중력을 그 등으로 받아내면서 간출여와 같은 존재로서 삶을 영위해 온 셈이다.

그러던 시어머니의 등은 "숨었던 바위는 바닷물이 밀려나면/ 물 밖 세상으로 제 모습을 드러내"는 것처럼 "어느 날 문득 기억 속에 쏟아"진다. 그러니까 오랜 시간 동안 시간의 강물 아래에 숨어 있다가 갑자기 기억의 수평선 위로 시어머니의 등이 머리를 내민 것이다. 시적 화자는 그러한 등을 보면서 "물 위로 솟아오른 등이 어혈 맺듯 붉어진다"고 표현한다. 이때 등에 맺힌 어혈이란 물론 삶의 온갖 부하와 중력을 짊어진 시어머니의 등이 감당해야 했던 노고와 고통을 의미하기도 하지만, 그러한 시어머니의 등을 바라본 시적 화자의 마음에 맺히는 어혈이기도 할 것이다.

그러니까 "어혈 맺듯 붉어진다"는 표현은 곧 그러한 시어머니의 등을 바라보는 시적 화자의 정서적 상태를 나타내기도 하는 셈이다. 시적 화자가 이처럼 붉은 정서적 상태에 빠져드는 것은 물론 시어머니가 감당해야 했던 "세상의 부하" 때문이기도 하지만, '간출여'라는 제목에 유의해 보면, 그동안 시적 화자의 기억 속에서 잊혀져 있었다는 것, 그러니까 "어느 날 문득 기억 속에 쏟아질 때"까지는 물속에 숨어 있는 바위처럼 그렇게 시어머니의 삶이 소외되어 있었다는 점에서 야기된 것도 있을 것이다.

이처럼 강영임 시인은 지금은 없는 것, 혹은 부재의 징표로서의 흔적과 상흔, 혹은 잊혀져 소외되어 있는 것 등의 잔상 등을 통해서 정서적 효과를 산출하고 있음을 알 수 있다. 시인은 문득 지금은 없는 것들을 떠올리며 그것들이 가지고 있었던 풍요로움과 가치, 그리고 충만했던 의미를 반추하면서 그것의 소멸과 부재로 인한 상실감을 통해서 정서적 효과를 극대화하고 있는 것이다.

물론 이때 시인은 소멸과 상실의 주체들이 느꼈을 박탈감과 소외감에 동화함으로써 공감과 연민의 정서적 상태로 빠져들면서 그들의 정동을 대변해주기도 한다. 가족이 가장 대표적인 사례들이 될 것이지만 시인의 눈에 뜨이는 주변의 소외된 사물이나 환경도 또한 예외는 아니다.

2. 적막과 그늘 속의 삶들

'헛'이라는 접두사엔 슬픔이 묻어난다
헛구역질 헛꽃 헛기침 헛웃음
그 자리 주인이면서 주인이 아닌 듯

어긋난 대답처럼 삼키지 못한 시간은
무성화 꽃잎에 적막들로 내려앉아
이십 년 홀로 앉아서 울음을 펴 올린다

얼었다 풀렸다를 반복하는 빙점처럼
당신을 향한 마음 어디쯤에 있을까
길고 긴 빙하기에 갇혀 듣지 못한 봄의 소리

-「헛이라는 말」, 전문

시적 화자는 "'헛'이라는 접두사엔 슬픔이 묻어난다"고 고백하고 있는데, '헛'이라는 접두사가 슬픈 정서의 원인이 되는 것은 그것이 어떤 결과를 산출하지 못하거나 실질을 담보하지 못하기 때문이다. 그러니까 '헛'이라는 접두사는 어떤 결실이나 효과를 얻지 못하는 시도나 노력을 의미하기에 그것은 메아리 없는 소리처럼 쓸쓸하고 고독한 의미를 함축하기도 한다. 응답 없는 부름이나 호응이 없는 요청처럼 그것은 아무런 보답을 얻지 못하는 노력을 감행하고 그 허무한 결과를 혼자서 감당해야 하는 상황을 암시하고 있는 셈이다.

시적 정황에 의하면 "그 자리 주인이면서 주인이 아닌 듯" "무성화 꽃잎에 적막들로 내려앉아/ 이십 년 홀로 앉아서 울음을 펴 올린" 세월이 바로 그 '헛'의 접두사를 덧붙일 만한 시간인데, 아무런 보람과 응답 없이 이십 년의 세월을 무성화의 적막으로 살아온 시간은 독자의 연민과 공감을 자아내기에도 충분하다. 더구나 "얼었다 풀렸다를 반복하는 빙점" 같은 "당신을 향한 마음"이라는 표현을 음미해 보면 아무런 응답이 없는 시간을 빙점처럼 혼자서 얼었다 녹았다를 반복하면서 보내야 했을 그 많은 시간의 심적 동요, 그 내밀한 환희와 나락의 드라마를 연상할 수 있다. 이러한 구절들은 독자들에게 감동의 원천으로 작동할 터인데 "길고 긴 빙하기에 갇혀 듣지 못한 봄의 소리"라는 표현 또한 그 오랜 '헛'의 시절을 살았을 시적 화자의 시간을 생각해 보면 아득해지지 않을 수 없다. 강영임 시인의 시적 감동의 원천과 그 그윽한 정서의 심연을 들여다볼 수 있는 작품이다. 이처럼 시인은 소외된 고독한 삶에 운명적으로 끌리는데, 그럴 때 이웃의 안타까운 삶이 시선에 들어온다.

검은 봉지 오일장에서 기운 빠져 파닥댄다
빠글하게 말아 올린 퍼머끼는 오간 데 없고
정수리 흰 종지 올린 듯
하얗게 부서진다

도도하게 흐르던 스무 살의 붉은 피는
차디찬 살갗 아래 거멓게 식어버려
아무도 찾는 이 없는
이름만 남겨진 역

넝쿨째 뻗어가는 잎사귀에 등꽃 피듯
미래가 꿈틀대며 온몸에 피 돌린다
봉지에 환한 꿈 담고
함지박처럼 웃는 그녀

-「플랫폼」 전문

"검은 봉지", "오일장", "빠글하게 말아 올린 퍼머끼" 등의 시어들은 한적한 시골 풍경과 그 속에서 이루어지는 힘없는 한 여성의 삶을 연상하게 한다. 특히 "기운 빠져 파닥댄다"는 구절이나 "정수리 흰 종지 올린 듯/ 하얗게 부서진다"는 표현 등은 한 인생이 종착역에 다가가는 국면을 환기한다. 바람에 이리저리 날리는 검은 봉지 같은 신세로 전락한 그녀의 노년이 한적한 오일장의 풍경과 함께 쓸쓸하고 고즈넉하게 묘사되고 있는 것이다.

둘째 수에서는 붉은색과 검은색의 대비를 통해 인생의 허무와 적막에 대해서 묘사하고 있는데, "도도하게 흐르던 스무 살의 붉은 피"와 "차디찬 살갗 아래 거멓게 식어버"린 검은색의 대비가 시간의 파괴적인 힘과 함께 그늘과 적막의 가장자리로 밀려난 그녀의 처지를 대변해주고 있다. 특히 "아무도 찾는 이 없는/ 이름만 남겨진 역"이라는 이미지는 그녀의 고독한 처지와 함께 삶의 불모적인 환경을 암시한다. 이처럼 그녀가 실제로 처한 삶의 처지와 환경이 선명하기에 세 번째 수에서 그려지는 그녀의 밝고 환한 미래상은 더욱 아이러니한 슬픔을 자아낸다.

"넝쿨째 뻗어가는 잎사귀에 등꽃 피듯/ 미래가 꿈틀대며 온몸에 피 돌린다"는 표현은 물론 그녀의 삶에 대한 묘사이지만, 실제를 그린 것이기라기보다는 시적 화자의 소망과 바람이 깃든 환상의 묘사라고 할 수 있다. 또한 "봉지에 환한 꿈 담고/ 함지박처럼 웃는 그녀"라는 묘사 또한 인생에 꿈과 희망을 부여하고자 하는 시적 화자의 눈물겨운 노력이라고 할 수 있다. 이러한 묘사는 "아무도 찾는 이 없는/ 이름만 남겨진 역"으로서의 그녀의 인생에 대한 시적 화자의 동정과 연민이 자아낸 표현이라고 할 수 있을 것이다. 상실과 소외에 주목하는 시인에게 고향 또한 예외가 될 수는 없다.

내 고향 그 어디쯤
모천이 있었다
참게들이 고무줄
땅따먹기 하던 곳
밤 되면 눈을 내밀어 철벅철벅 뛰던 곳

벼 수확 뒤 아버진
구럼비로 가셨다
논두렁 물코에서
손전등 비춰들면
눈 커진 계요등꽃처럼 딱 붙어 우릴 봤지

몇 번의 굉음소리
흔적 없이 사라진
큰구럼비 몰똥여 물터진개 소금밧
어릴 적 달캉이던 녀석들
그림자만 어른대고

마음이 붉은 날
친정으로 찾아들면

뼈와 살이 다 깎인

땅들만 엎드려서

냉장고 그 어디에도 참게장은 볼 수 없다

-「그리움의 습성」, 전문

고향의 상실을 다룬 작품인데, 그리 어렵지 않게 시상의 전개를 포착할 수 있다. 과거 고향에는 참게들이 풍성하게 서식하고 있었다는 것, 그래서 아버지의 손전등에는 계요등과 같은 참게들이 우글거렸다는 것, 하지만 강정마을에 해군기지가 들어서면서 구럼비 바위가 폭파되고 생태계가 무너졌다는 것, 그래서 지금은 어디에서도 참게를 볼 수 없다는 것이 시상의 대략적인 내용이다.

시인은 과거 참게들이 뛰어놀던 고향을 생명력이 약동하는 곳으로 표현하기 위해 "참게들이 고무줄/ 땅따먹기 하던 곳"이라든가 "눈을 내밀어 철벅철벅 뛰던 곳" 등으로 묘사하며 그 역동성을 강조한다. 또한 지금은 사라진 사물과 생명들에 대한 애도의 의미를 담아서 "큰구럼비 몰똥여 물터진개 소금밧"이라고 그 이름을 호명한다. 그리고 그러한 생명력의 약동이 사라진 초라한 현실을 강조하기 위해서 "뼈와 살이 다 깎인/ 땅들만 엎드려서"라고 하면서 그 불모성을 부각한다.

그리고 이러한 현실에 대한 시인의 정서적 반응을 응축해서 "마음이 붉은 날"이라고 표현한다. 그러니까 이 시는 참게들이 뛰고 몰뚱여 물터진개 소금밧 등이 오롯이 살아가던 옛 풍경이 사라진 고향의 상실에 대해서 안타까움의 정서를 표출하고 있는데, 역시 소멸과 상실의 미학이 오롯이 자리잡고 있는 장면이기도 하다. 가족과 이웃의 소멸과 소외로 인한 상실감이 강영임 시조의 주된 미학적 근거임을 살펴보았는데, 그렇다면 자신의 삶에 대한 자화상은 어떨까?

3. 실패와 좌절에 대한 애착과 관심

살기 위해 파닥이던 가녀린 몸짓이
뿌리가 밀어올린 저편의 기억들을
겁 없이 저리 무모하게 허공에 뿜어댄다

굴곡 많은 사주라는 역술인의 말처럼
발돋움 올라서면 비웃듯 추락하고
줄 타는 어름사니같이 발끝으로 걷는 생

실타래를 풀어도 닿지 못한 그곳이
산왕거미 숨죽인 그물망에 걸려서

버려도 버려지지 않는 전생의 봄 가락들

-「벚꽃, 천라지망天羅地網」, 전문

천라지망(天羅地網)이란 하늘과 땅에 쳐 놓은 그물에 갇혔다는 뜻으로 아무리 하여도 벗어나기 어려운 경계망이나 피할 수 없는 재액을 지칭하는 말이다. 이 시의 제목인 "벚꽃, 천라지망"이라는 의미는 그러니까 벚꽃이 천라지망과 동일한 뜻을 지닌 것으로, "버려도 버려지지 않는 전생의 봄 가락들"이라는 구절에서 추측할 수 있듯이 벚꽃이 운명처럼 봄이 되면 전생의 기억을 저버리지 못하고 어김없이 피어나는 섭리를 함축하고 있다. 시인은 이러한 벚꽃을 보면서 "살기 위해 파닥이던 가녀린 몸짓"을 읽어내기도 하고, "발돋움 올라서면 비웃듯 추락하고/ 줄 타는 어름사니같이 발끝으로 걷는 생"을 연상하기도 한다.

그러니까 다른 사람들이 낭만적인 상상력을 발휘하곤 하는 벚꽃을 보면서 시인은 어떤 벗어날 수 없는 운명이라든가 보이지 않는 손이 작동하는 이치 등을 떠올리고 있는 셈이다. 그런데 자세히 보면 벚꽃이란 "뿌리가 밀어올린 저편의 기억들"이라든가 혹은 "전생의 봄 가락들"임을 알 수 있다. 그러니까 봄에 피어나는 벚꽃이란 이미 지나가 버린 것들, 혹은 이미 끝나버린 것들에 대한 재생이자 되돌림이기도 한 것이다. 물론 이러한 회귀의 욕망은 "굴곡 많은 사주라는 역술인의 말처럼" 험난하고 신산한 현실적 삶의 처지에서 발생한 것이다. 벚꽃은 현실의 간난신고로 인해서 되돌아가고 싶었던 '그때-거기'의 낭만적 고향과 같은 것으로 피어나고 있는 셈이다. 그리고 벚꽃은 그러한 회귀와 재생의 욕망이 천라지망으로서 피할 수 없는 이치를 담고 있다는 함축적 의미를 지니고 피어있기도 하다. 이처럼 강영임 시인의 시에서 사물들은 단순한 사물이 아니라 어떤 은유라든가 상징의 그물망을 형성하고 있는데, 다음 시의 '검버섯' 또한 예외가 아니다.

내 마음 받아 달라 안달복달 치대다

신발 뒤축 닳듯이 쪼그라든 중성자별

블랙홀

스러진 별들

손등에 박혀 있는

-「검버섯」, 전문

그러니까 "손등에 박혀 있는" 검버섯은 "내 마음 받

아 달라 안달복달 치대다/ 신발 뒤축 닳듯이 쪼그라든 중성자별"이라는 것, 그리고 또한 모든 것을 빨아들이는 "블랙홀"로 "스러진 별들" 가운데 하나라는 것 등의 은유적 자장이 펼쳐지고 있다. 주목되는 점은 손등에 박혀 있는 검버섯이 소통과 공감을 얻지 못한 마음이라는 것인데, 그렇기 때문에 검버섯은 그 애잔하고 안타까운 사연들이 응축되어 있는 하나의 점이 된다. 실패의 기억으로, 결실을 얻지 못한 애타는 마음의 결정체로서 검버섯은 손등에 박혀 있는 것이다. 소멸과 상실의 국면에 대한 시인의 애착과 관심을 강조해왔는데, 검버섯을 통해서 이루지 못한 사랑의 회한을 읽어내는 이 장면 또한 그러한 국면 가운데 하나가 될 것이다. 다음 작품 또한 유사한 상상력을 보여주는데, 그 정서의 강도는 훨씬 애절하다.

검푸른 바다에서 떼 지어 다니며
쉴 새 없이 휘젓던
온 생의 지느러미
숭어의 무성한 아픔을 송두리째 올린다

알집을 끄집어 비린 슬픔 염장하고
밤낮없이 들고나는
바람을 입혀서

간장에 참기름 덧발라 시간을 곰삭인다

사랑하는 사람을 바람에 보내고선
짐승 할퀸 자국처럼
헤집어진 가슴도
언젠가 숭어 어란처럼 녹진한 맛 스미겠지

-「기다림의 미학」, 전문

아름다운 작품이다. 검푸른 바다에서 숭어를 건져 올리는 것이 특별한 일은 아니지만, 몸 안에 잔뜩 알을 슬고 있다면 상황은 달라진다. 시적 화자가 숭어를 보면서 "숭어의 무성한 아픔을 송두리째 올린다"라고 하거나 숭어의 알을 보면서 "비린 슬픔"이라고 명명하는 것은 바로 부화되지 못한 채 사장되고 말 처지에 있는 '알'의 운명을 염두에 두고 있기 때문이다. 시적 화자가 "밤낮없이 들고나는/ 바람을 입혀서/ 간장에 참기름 덧발라 시간을 곰삭인다"고 묘사하고 있는 대목은 부화되지 못하고 사장되어 버린 알의 회한을 다독이고 삭이는 과정일 것이다.

시인이 숭어의 알에 대해서 이토록 유정한 언어를 토로하는 것은 숭어의 알에서 자신의 이루어지지 못한 사랑의 회한을 읽어내고 있기 때문이다. "사랑하는 사람을 바람에 보내고선/ 짐승 할퀸 자국처럼/ 헤집어진 가슴"이라는 표현이 바로 부화되지 못한 숭어의 알과 같은 자신의 처지를 함축하고 있다. 짐승 할퀸 자국이라든가 헤집어진 가슴 등의 표현이 파국으로 인한 상처와 정서의 파동을 함축하고 있거니와 이러한 생경하고 황망한 상황이 가라앉고 정리될 것을 기원한다. "언젠가 숭어 어란처럼 녹진한 맛 스미겠지"라는 셋째 수 종장의 표현이 바로 그것인데, 부화되지 못한 숭어의 알에 대한 동병상련의 연민과 공감이 담겨 있는 이러한 구절은 바로 시적 화자가 자신의 좌절된 사랑이 아름답고 의미있는 체험으로 수용되기를 기원하고 있는 장면이다.

여기서 감동적인 것은 숭어 알이 결코 앞으로도 부화되지 못할 것처럼 시적 화자의 사랑 또한 이루어질 가능성이 없다는 점이다. 그럼에도 불구하고 시적 화자는 그것을 붙안고 씨름하면서 달래고 얼러서 순화하려고 한다. 이는 곧 발효의 과정이라고 할 만한데, 이루어지지 않은 사랑을 애써 이루어지게 하기보다는 이루어지지 않은 사랑을 그대로 감싸 안아서 자신의 삶의 일부로 수용하려고 하는 것이다. 이러한 과정은 시인이 "한통속 웃음으로 가린 거울 속 슬픔들"(「자화상-웃고 있는 렘브란트」)이라고 표현한 것처럼 내밀한 슬픔을 웃음으로 승화시킨 국면과 유사한 것이다. 실패와 좌절을 끌어안고 살아가면서 그것을 자신의 삶의 일부로

삼고자 하는 시인의 인생관을 읽을 수 있거니와 강영임 시인의 시적 감동은 바로 이러한 장면에서 발현되고 있는 것처럼 보인다. 이제 마지막으로 우리의 역사와 공동체의 실패와 좌절에 대한 시편들을 읽어보자.

4. 파행의 역사, 파국의 민초들

주위를 둘러봐도 숨구멍이 다 막혔다

들숨 날숨 들고나야 초봄에 잎이 돋지

사할린 꽁꽁 언 바다 생각까지 봉하고

고향이 어디인지 조국이 어디인지

동토 끝 징용 왔다 눈물조차 얼어붙은

무국적 떠도는 바다

제 온몸을 염한다

-「자작나무의 섬」, 전문

시적 상황은 어렵지 않게 파악할 수 있는데, 일제 식민지 시대에 사할린 섬으로 끌려와서 조국에 돌아가지 못한 채 삶을 영위하고 있는 우리 동포의 비극적 삶이 시적 대상이다. 주목되는 점은 "숨구멍이 다 막혔다"라든가 "생각까지 봉하고", 그리고 "눈물조차 얼어붙은"과 "제 온몸을 염한다" 등의 표현에서 읽어낼 수 있는 막히고 폐쇄되는 이미지, 혹은 얼거나 굳어지는 이미지들이다. 일제의 징용으로 강제로 고국을 떠나야 했다는 것, 그 후 그 섬에 고립되어 조국으로 귀환할 수 없었다는 것, 그래서 그들의 삶은 뿌리내릴 수 없는 부평초와 같아서 생명력이 고갈된 불모지의 그것이 될 수밖에 없다는 등의 논리가 막히고 얼어붙은 이미지를 통해서 표출되고 있는 것이다.

특히 마지막 "제 온몸을 염한다"는 표현은 살아 있으면서도 죽은 것과 같은 삶을 영위하는 그들의 모습을 통해서 우리 현대사가 지닌 불모성과 비극성을 극대화하고 있는데, 이러한 모습은 역시 실패와 좌절에 주목하는 시인의 상상력이 역사적 영역까지 확장된 경우가 될 것이다. 시인이 반공 이데올로기의 광기에 의해 저질러진 조작 간첩단 사건의 현대사를 다루면서도 "누명 쓴 삼십일 년이 천천히 굳어갔지"(「굳어지는 묵처럼」)라고 표현하면서 생명력이 고갈된 삶의 모습을 딱딱한 경화의 이미지로 표현한 것도 같은 맥락에서 이

해할 수 있다. 마지막으로 현대사의 질곡 속에서 한 많은 일생의 모습을 그린 작품을 읽어보자.

여름 한낮 소나기에
물큰한 흙 비린내
기다림도 냄새란 걸
당신 보며 알았다
밤마다
녹아내린 몸
날것들의
냄새처럼

등 긁어줄 하르방은 서른에 바당에 가
죽어신디 살아신디 수십 년째 안 왐저
슬픔도 늙어버리난 아무것도 아닌게

불면으로 말려진 말
여싯여싯 뱉지 못해
해돋이 해넘이를
빈 가슴에 묻고 산
살냄새
잊은 당신 위해
오늘밤

불 켜리라

-「그리움 그깟 것-김녕 도대불」, 전문

도대불이란 등대의 일종으로 배를 선창으로 안전하게 유도하는 신호를 말한다. 시인은 젊어서 남편을 잃고 청상으로 한평생을 살아온 할머니의 인생을 위해서 그 도대불에 "불 켜리라"라고 다짐한다. 이러한 시적 장치는 물론 한 많은 인생을 살아온 할머니에 대한 환대와 헌사가 될 것이다. 시인이 이토록 할머니의 삶에 대해 경의를 표하는 것을 무슨 까닭일까? 그것은 아마도「기다림의 미학」에서 "언젠가 숭어 어란처럼 녹진한 맛 스미겠지"라고 노래한 것과 같은 비전을 할머니에게서 발견할 것은 아닐까?

시적 화자는 "기다림도 냄새"라고 하고 나서 시의 마지막 부분에서는 "살냄새/ 잊은 당신"이라고 하면서 기다림이 어떤 초월의 경지에 도달했음을 암시한다. 냄새는 후각으로 포착할 수 있는 성질의 질료인데, 후각은 가장 민감한 감각 가운데 하나라는 점을 생각해보면, 그 기다림의 간절함을 짐작할 수 있다. 그런데 그러한 감각으로서의 기다림이 무뎌지고 무뎌져서 무화되고 만 지경에 이르게 되었는데, 시인은 이러한 상황을 "그리움 그깟 것"이라는 제목으로 표현하고 있는 셈이다.

할머니가 그리움과 기다림을 초월한 것은 “슬픔도 늙어버리난 아무것도 아닌게”라는 표현에서 추측할 수 있듯이 세월의 힘이 작용하고 있다. 물론 그 과정에는 “불면으로 말려진 말/ 여싯여싯 뱉지 못해”라는 표현에서 읽어낼 수 있는 무수한 불면, 그리고 감정과 감각에서 물기를 제거하는 건조 작업이 잠재되어 있을 것이다. 이러한 과정을 통해서 할머니는 살냄새를 잊어버리고, 슬픔도 묽을 대로 묽어진 그것으로 변화시킨 것이다. 이러한 장면은 아마도 시인이 그동안 추구해 왔던 실패와 좌절의 정화, 혹은 발효의 과정에 해당될 것이다.

지금까지 강영임 시인의 첫 시집에 담겨 있는 시조 미학과 시의식의 저층을 조감해 보았다. 첫 시집이기에 독자들과 공감대를 형성하기 어려운 작품들이 몇몇 보이지 않는 것은 아니지만, 작품의 완성도와 시상의 전개가 지닌 자연스러움, 그리고 시조 율격의 완숙도 등이 그동안 시인이 시조 창작을 위해서 얼마나 애쓰면서 절차탁마의 과정을 거쳤는지를 실증해주고 있다.

특히 우리의 삶과 사회, 민족의 역사에서 실패와 좌절로 점철된 그늘을 찾아서 그것을 내면화하고 숙성시킴으로써 삶의 깊이와 심미성을 창출하려는 시의식은 매우 주목할 만하다. 앞으로도 삶의 아픔과 상처를 붙들고 씨름하면서 그것을 발효시켜 더욱 복욱한

향기를 자아내는 시조 미학을 일구어 가기를 기원해 본다.

강영임

서귀포 강정 출생.
2022 고산문학대상 신인상.

limsj1128@naver.com

시간은 한 생을 벗고도 오므린 꽃잎 같다

2023년 5월 31일 초판 1쇄 발행

지은이 강영임
펴낸이 김영훈
편집 김지희
디자인 김영훈
편집부 이은아, 부건영, 강은미
펴낸곳 한그루
제주특별자치도 제주시 복지로1길 21
전화 064-723-7580 전송 064-753-7580
전자우편 onetreebook@daum.net 누리방 onetreebook.com

ISBN 979-11-6867-100-3 (03810)

이 책은 제주특별자치도와 제주문화예술재단의 2023년도
문화예술지원사업 후원을 받아 발간되었습니다.

값 10,000원